Liebesgedichte I Donne

Herausgegeben von Ulla Hahn

# John Donne
# Liebesgedichte

Englisch / Deutsch

Übersetzt von Wolfgang Breitwieser

Auswahl und Nachwort von Ulla Hahn

Reclam

# Inhalt

I wonder by my troth, what thou, and I
Did, till we loved? were we not weaned till then,
But sucked on country pleasures, childishly?
Or snorted we in the seven sleepers' den?
'Twas so; but this, all pleasures fancies be.
If ever any beauty I did see,
Which I desired, and got, 'twas but a dream of thee.

And now good morrow to our waking souls,
Which watch not one another out of fear;
For love, all love of other sights controls,
And makes one little room an everywhere.
Let sea-discoverers to new worlds have gone,
Let maps to others, worlds on worlds have shown,
Let us possess one world, each hath one, and is one.

My face in thine eye, thine in mine appears,
And true plain hearts do in the faces rest,
Where can we find two better hemispheres
Without sharp north, without declining west?
Whatever dies, was not mixed equally;
If our two loves be one, or, thou and I
Love so alike, that none do slacken, none can die.

Weißgott, was wir wohl, eh wir liebten, trieben?
Warn wir noch nicht entwöhnt und tranken noch
Die Milch bäurischer Kurzweil – kindgeblieben?
Schnarchten wir wohl im Siebenschläferloch?
So war es! Alle Lust ist Täuschung hier.
Wenn je ich eine Schöne mit Begier
Erschaute und errang, wars nur ein Traum von dir.

Gutmorgen unserm Paar erwachter Seelen,
Das, nicht aus Angst, mit Blicken sich bewacht:
Liebe verbietet, andern Blick zu wählen,
Liebe, die kleinsten Raum zu Weltall macht.
Seht, Forscher, euch an neuen Welten satt,
Lasst Leute Welten sehn im Kartenblatt,
Uns lasst die eine Welt, die jeder ist und hat.

In Mienen kann sich treues Herz erklären:
Dein Aug zeigt meins und meines dein Gesicht.
Wo fänden wir zwei bessre Hemisphären,
Wo West nicht abfällt, wo kein Nordwind sticht?
Nur falsche Mischung ist vom Tod bedroht.
Wenn unsre Liebe eins ist, gleichstark loht,
Trifft uns, wenn wir nur nie erschlaffen, nie der Tod.

# Woman's Constancy

Now thou hast loved me one whole day,
Tomorrow when thou leav'st, what wilt thou say?
Wilt thou then antedate some new made vow?
Or say that now
We are not just those persons, which we were?
Or, that oaths made in reverential fear
Of love, and his wrath, any may forswear?
Or, as true deaths, true marriages untie,
So lovers' contracts, images of those,
Bind but till sleep, death's image, them unloose?
Or, your own end to justify,
For having purposed change, and falsehood, you
Can have no way but falsehood to be true?
Vain lunatic, against these 'scapes I could
Dispute, and conquer, if I would,
Which I abstain to do,
For by tomorrow, I may think so too.

Nun liebst du mich schon einen ganzen Tag.
Was sagst du morgen mir zum Abschied? Sag!
Datierst du unsern jüngsten Schwur zurück?
Sagst du: »Zum Glück
Sind wir nicht mehr dieselben wie zuvor!«
Sagst du, dass alten Eid aus Ehrfurcht vor
Dem Zorn der Liebe neuer Eid verschwor?
Sagst du: wie echter Tod die echten Ehen trennt,
Eint jener Bild, der Liebenden Vertrag,
Bis Schlaf, des Todes Bild, ihn trennen mag?
Sagst du, dein Ziel rechtfertigend:
Dir, die du Wechsel vorhast, bleibt allein
Der Treuebruch als Weg, doch treu zu sein?
Ich armer Irrer könnte diesen Schlich
Siegreich entkräften, wollte ich.
Was ich jedoch nicht tu,
Denn morgen denke ich vielleicht wie du.

## The Indifferent

I can love both fair and brown,
Her whom abundance melts, and her
whom want betrays,
Her who loves loneness best, and her who masks
and plays,
Her whom the country formed, and whom the town,
Her who believes, and her who tries,
Her who still weeps with spongy eyes,
And her who is dry cork, and never cries;
I can love her, and her, and you and you,
I can love any, so she be not true.

Will no other vice content you?
Will it not serve your turn to do, as did
your mothers?
Or have you all old vices spent, and now would
find out others?
Or doth a fear, that men are true, torment you?
Oh we are not, be not you so,
Let me, and do you, twenty know.
Rob me, but bind me not, and let me go.
Must I, who came to travail thorough you,
Grow your fixed subject, because you are true?

Venus heard me sigh this song,
And by love's sweetest part, variety, she swore,

## Der Indifferente



Ich liebe sie, blond oder braun,
Die Armut schmelzen macht, die Reichtum
nur erwärmt,
Die fürs Alleinsein und die fürs Theater schwärmt,
Die Landgewächse und die Großstadtfraun,
Die jasagt und die stolz verneint,
Das Schwammaug, das beständig greint
Den knochentrocknen Kork, der niemals weint,
Ich liebe die und die und allerlei,
Gesetzt nur, dass sie treulos sei.

Genügt kein andres Laster euch?
Genügts euch nicht zu tun, was eure Mütter trieben?
Wollt ihr, der alten leid, ganz neue Laster üben?
Quält euch die Furcht, es wär ein Mann mal treu?
Uns nicht! Auch ihr sollts furchtlos sehn.
Gönnt mir, gönnt euch so zweimal zehn,
Beraubt, doch fesselt mich nicht, lasst mich gehn.
Muss ich, nur weil ich einmal in dich kroch
Und weil du treu bist, gleich ins feste Joch?

Venus vernahm mein Seufzerlied,
Die sich beim besten Teil der Liebe,
dem Wechsel, schwor:

She heard not this till now; and that it should be so
no more.
She went, examined, and returned ere long,
And said, "Alas, some two or three
Poor heretics in love there be,
Which think to stablish dangerous constancy.
But I have told them, 'Since you will be true,
You shall be true to them, who are false to you'."

Das alles ist mir neu, das kommt auch
nicht mehr vor!
Sie ging und mustert, was sie sieht.
Und kam bald wieder, sagte: Na,
So ein, zwei Liebesketzer da,
Die wolln die grauenhafte Treue ja,
Doch sagt ich ihnen: Ihr seid treu, na schön,
So seids halt solchen, die euch hintergehn.

For every hour that thou wilt spare me now,
I will allow,
Usurious God of Love, twenty to thee,
When with my brown, my grey hairs equal be;
Till then, Love, let my body reign, and let
Me travel, sojourn, snatch, plot, have, forget,
Resume my last year's relict: think that yet
We had never met.

Let me think any rival's letter mine,
And at next nine
Keep midnight's promise; mistake by the way
The maid, and tell the Lady of that delay;
Only let me love none, no, not the sport;
From country grass, to comfitures of Court,
Or city's quelque-choses, let report
My mind transport.

This bargain's good; if when I am old, I be
Inflamed by thee,
If thine own honour, or my shame, or pain,
Thou covet, most at that age thou shalt gain.
Do thy will then, then subject and degree,
And fruit of love, Love, I submit to thee,
Spare me till then, I'll bear it, though she be
One that loves me.

## Liebeswucher



Für jede Stunde Schonung biet ich dir
Einst fünf mal vier,
Du wucherischer Amor, sind mir mal
Die braun und grauen Haare gleich an Zahl.
Bis dahin aber herrsche nur der Leib!
Mach, dass bei allen (auch dem Vorjahrsweib,
Noch kenn ich dich ja nicht) ichs kräftig treib,
Beliebig komm, geh, bleib,

Dass ich Versprechen für die Mitternacht
Einlös um acht,
Vorher die Magd vernasch und dies als Grund
Für die Verzögerung tu der Dame kund.
Nur lieben lass mich nicht, nicht mal den »Spaß«,
Doch schon Gerücht von Hofkonfekt en masse,
Stadtbraten und auch Landobst, – reizen lass
Mich das, nur immer das!

Ein guter Handel wärs! Wenn du mich heiß
Machst noch als Greis
Und Ruhm für dich willst, Schand und Leid für mich,
Kriegst du am meisten, wenn viel Zeit verstrich.
Bestimme, Amor, dann wie's dir beliebt,
Wen wie, was man als Liebesziel vorgibt,
Und ich ertrag, wenn sich der Schluss verschiebt,
Auch eine, die mich liebt.

## The Triple Fool

I am two fools, I know,
For loving, and for saying so
In whining poetry;
But where's that wiseman, that would not be I,
If she would not deny?
Then as th'earth's inward narrow crooked lanes
Do purge sea water's fretful salt away,
I thought, if I could draw my pains
Through rhyme's vexation, I should them allay.
Grief brought to numbers cannot be so fierce,
For, he tames it, that fetters it in verse.

But when I have done so,
Some man, his art and voice to show,
Doth set and sing my pain,
And, by delighting many, frees again
Grief, which verse did restrain.
To love and grief tribute of verse belongs,
But not of such as pleases when 'tis read,
Both are increased by such songs:
For both their triumphs so are published,
And I, which was two fools, do so grow three;
Who are a little wise, the best fools be.

Zweifacher Narr, ich weiß,
Ich bins: Ich liebe und beschreis
In Jammerpoesien;
Doch wär der Klügste gerne, der ich bin,
Gäb sie sich endlich hin.
Wie enggewundenes Kanälenetz
Des Erdgrunds Salz aus Meereswasser siebt,
So, schien mir, würde milder auch mein Schmerz,
Wenn man ihn Reimzwang-Foltern unterzieht.
So ists doch, dass der Wohlklang Kummer lähmt,
Dass Fesselung in Reimen ihn bezähmt.

Kaum tat ichs, hats ein Mann,
Damit er sich hervortun kann,
Vertont – und singt mein Leid!
Schmerz wird zu vieler Lust und Freud
Aus Versehaft befreit.
Der Liebe und dem Schmerz gilt Verstribut,
Doch keiner, der erfreut, wenn man ihn liest,
Solcher Gesang mehrt beider Glut
Und meldet ihre Siege. Und du siehst,
Dass ich, zweifacher Narr, bin deren drei
Und dass, wer halbklug ist, der größte sei.

If yet I have not all thy love,
Dear, I shall never have it all;
I cannot breathe one other sigh, to move,
Nor can entreat one other tear to fall.
And all my treasure, which should purchase thee,
Sighs, tears, and oaths, and letters I have spent,
Yet no more can be due to me,
Than at the bargain made was meant.
If then thy gift of love were partial,
That some to me, some should to others fall,
Dear, I shall never have thee all.

Or if then thou gavest me all,
All was but all, which thou hadst then;
But if in thy heart, since, there be or shall
New love created be, by other men,
Which have their stocks entire, and can in tears,
In sighs, in oaths, and letters outbid me,
This new love may beget new fears,
For, this love was not vowed by thee.
And yet it was, thy gift being general,
The ground, thy heart is mine; whatever shall
Grow there, dear, I should have it all.

Yet I would not have all yet,
He that hath all can have no more,

Hab ich noch nicht all deine Liebe,
Geliebte, hab ich 's All der Liebe nie.
Ich habe keinen Atem mehr für Seufzer,
Vergieß auch keine Tränen mehr um sie.
Und all mein Geld, das dich erkaufen sollt,
Die Seufzer, Schwüre, Tränen, sind vertan.
Mehr steht mir auch nicht zu als Sold
Nach unserm Liebeshandelsplan.
Verteilst du deine Liebe überall,
Dass Teil an mich und Teil an andre fall,
Hab ich dich niemals als ein All.

Für den Fall, du gabst mir alles,
War alles alles, was du hast.
Doch wird einmal dein Herz von neuer Liebe,
Von einem andern Mann dein Herz erfasst,
Der alles noch auf Lager hat und mich
Mit Seufzern, Tränen, Schwüren übersticht,
Zeugt neue Liebe sicherlich
Neu Angst, denn die beschworst du nicht.
Doch alles war, was du den Menschen all
Geschenkt hast, mein, der Grund ist überall
Mein Herz und mein sein Früchtefall.

Doch ich möchte gar nicht alles,
Wer alles hat, hat auch kein Mehr,

And since my love doth every day admit
New growth, thou shouldst have new rewards in store;
Thou canst not every day give me thy heart,
If thou canst give it, then thou never gav'st it:
Love's riddles are, that though thy heart depart,
It stays at home, and thou with losing sav'st it:
But we will have a way more liberal,
Than changing hearts, to join them, so we shall
Be one, and one another's all.

’s wär gut, es ging mit meiner Liebe Wachstum
Das Wachstum deines Lohnvorrats einher.
Das Herz kannst du nicht geben allezeit,
Du könntests nur, ists noch in deiner Brust.
Rätsel der Liebe: Das Herz bleibt, gings auch weit,
Daheim und du gewinnst es im Verlust.
Einssein durch Herzenstausch von Fall zu Fall?
Wir wollens nobler – ein für allemal
Eins sein und eins des andern All.

## The Legacy

When I died last, and, dear, I die
As often as from thee I go,
Though it be but an hour ago,
And lovers' hours be full eternity,
I can remember yet, that I
Something did say, and something did bestow;
Though I be dead, which sent me, I should be
Mine own executor and legacy.

I heard me say, "Tell her anon,
That my self," that is you, not I,
"Did kill me," and when I felt me die,
I bid me send my heart, when I was gone;
But I alas could there find none,
When I had ripped me, and searched where hearts
should lie;
It killed me again, that I who still was true,
In life, in my last will should cozen you.

Yet I found something like a heart,
But colours it, and corners had,
It was not good, it was not bad,
It was entire to none, and few had part.
As good as could be made by art
It seemed; and therefore for our losses sad,
I meant to send this heart instead of mine,
But oh, no man could hold it, for 'twas thine.

Sterb ich zum letzten Mal, und sieh,
Ich sterb, sooft ich von dir geh,
Und eine Stunde auch vergeh,
Und Stunden Liebender sind Ewigkeit,
So weiß ich doch noch irgendwie,
Dass ich dir was vererbte seinerzeit.
Ich, der mich schickt, bin dann ein Toter zwar,
Doch bin ich selbst mein Nachlass und Notar.

Ich hört mich sagen: Sagt ihr eins,
Dass ich (und das bist du, nicht ich)
Mich tötete; und als ich mich
Im Sterben fühlte, dir mein Herz entbot.
Und, ach, mich öffnend fand ich keins,
Wo sonst das Herz ist. Das war zweiter Tod,
Dass ich, im Leben Lügen stets abhold,
Im Letzten Willen dich betrügen sollt.

Doch fand ich so was wie ein Herz.
Es war ein Form- und Farbgeflecht,
Es war nicht gut, doch auch nicht schlecht,
Viel hatte Teil dran, doch nichts wesentlich.
Ein leidlich gutes Kunstding. Und im Schmerz
Um unsere Verluste wollte ich
Dir dieses Herz nun schicken und nicht meins.
Doch oh, es war nicht menschlich, es war deins.

'Tis true, 'tis day, what though it be?
O wilt thou therefore rise from me?
Why should we rise, because 'tis light?
Did we lie down, because 'twas night?
Love which in spite of darkness brought us hither,
Should in despite of light keep us together.

Light hath no tongue, but is all eye;
If it could speak as well as spy,
This were the worst, that it could say,
That being well, I fain would stay,
And that I loved my heart and honour so,
That I would not from him, that had them, go.

Must business thee from hence remove?
Oh, that's the worst disease of love,
The poor, the foul, the false, love can
Admit, but not the busied man.
He which hath business, and makes love, doth do
Such wrong, as when a married man doth woo.

## Tagesanbruch



Der Tag bricht an! Na und? Und wenn!
O willst du deshalb von mir gehn?
Aufstehn warum? Weils morgenklar?
Sind wir zu Bett, weils dunkel war?
Liebe, die trotz des Dunkels uns vereint,
Sollt uns vereinen, auch wenns Licht nun scheint.

Licht, Auge ganz, hat keinen Mund.
Wärs wie des Sehns des Sprechens kund,
Das Schlimmste was es spräch wär dies:
Dass ich gern bleib, weil ich genieß,
Und dass ich, weil mir Herz und Ehre lieb,
So gern bei dem Besitzer beider blieb.

Reißt du dich für Geschäfte los?
Das wär der Liebe Todesstoß.
Liebe lässt falschen, armen Wicht,
Selbst bösen zu – geschäftigen nicht.
Wer sich Geschäften und der Liebe weiht,
Tut übel wie ein Ehemann, der freit.

Good we must love, and must hate ill,
For ill is ill, and good good still,
But there are things indifferent,
Which we may neither hate, nor love,
But one, and then another prove,
As we shall find our fancy bent.

If then at first wise Nature had
Made women either good or bad,
Then some we might hate, and some choose,
But since she did them so create,
That we may neither love, nor hate,
Only this rests, All, all may use.

If they were good it would be seen,
Good is as visible as green,
And to all eyes itself betrays:
If they were bad, they could not last,
Bad doth itself, and others waste,
So, they deserve nor blame, nor praise.

But they are ours as fruits are ours,
He that but tastes, he that devours,
And he that leaves all, doth as well:
Changed loves are but changed sorts of meat,
And when he hath the kernel eat,
Who doth not fling away the shell?

Man liebt was gut, man hasst was schlecht,
Denn schlecht bleibt schlecht und recht bleibt recht.
Doch Dinge gibts, die unbestimmt,
Die man nicht liebt und auch nicht hasst,
Die man mal so, mal so erfasst,
Wie's unsre Neigung grade nimmt.

Wenn die Natur nun wohlbedacht
Die Fraun nicht gut, nicht schlecht gemacht,
Darf man *die* lieben, andre schmähn.
Und da sie so beschaffen, dass
Man weder Liebe fühlt noch Hass,
Bleibt nur: mit allen umzugehn.

Und wärn sie gut, säh mans genau,
Denn Gut ist sichtbar wie das Blau,
Verrät dem Aug sich gleicherweis.
Und wärn sie schlecht, sie lebten nicht,
Weil Schlechtes selber sich zerbricht –
So braucht es weder Schimpf noch Preis.

Sie sind für uns wie eine Frucht:
Ob man verzehrt, verschmäht, versucht,
Ist alles einerlei, mein Wort!
Für Liebe und Essen gilt *ein* Maß:
Abwechslung. Wer das Fruchtfleisch,
Wirft der nicht auch die Schale fort?

Some that have deeper digged love's mine than I,
Say, where his centric happiness doth lie:
I have loved, and got, and told,
But should I love, get, tell, till I were old,
I should not find that hidden mystery;
Oh, 'tis imposture all:
And as no chemic yet the elixir got,
But glorifies his pregnant pot,
If by the way to him befall
Some odoriferous thing, or medicinal,
So, lovers dream a rich and long delight,
But get a winter-seeming summer's night.

Our ease, our thrift, our honour, and our day,
Shall we, for this vain bubble's shadow pay?
Ends love in this, that my man,
Can be as happy as I can; if he can
Endure the short scorn of a bridegroom's play?
That loving wretch that swears,
'Tis not the bodies marry, but the minds,
Which he in her angelic finds,
Would swear as justly that he hears,
In that day's rude hoarse minstrelsy, the spheres.
Hope not for mind in women; at their best
Sweetness and wit, they are but mummy, possessed.

Wer tiefer grub im Liebesschacht als ich,
Geb von der Wollust Mittelpunkt Bericht.
Liebe gewann ich mannigfalt,
Doch würd ich liebend auch sehr alt,
Ich fänds verborgene Geheimnis nicht.
Alles ist Gaukelei!
Fand der Adept das Elixier auch nicht,
Von seinem trächtigen Tiegel spricht
Er rühmend, wenn der nebenbei
Ein Duftzeug abwarf oder auch Arznei.
So träumt, wer liebt, dass Lust ihm ewig lacht,
Und kriegt nur wintergleiche Sommernacht.

Zahl ich mit Zeit, Geld, Ehre und mit Frust
Fürn Schattenwurf der Seifenblase Lust?
Hört Liebe so auf, dass mein Knecht
So glücklich wird wie ich, hat schlecht und recht
Des Brautstands Spott zu tragen er gewusst?
Mag sein, Verliebter schwört,
Dass nicht der Leib sich, nein, der Geist vermählt,
Den er bei ihr für himmlisch hält.
Genau so klug, wenn er erklärt,
Dass er im Hochzeitslärm die Sphären hört.
Hoff nicht auf Geist im Weib! Der Akt gibt bloß
Uns Spaß und Süße, Mumien – seelenlos.

Mark but this flea, and mark in this,
How little that which thou deny'st me is;
It sucked me first, and now sucks thee,
And in this flea, our two bloods mingled be;
Thou know'st that this cannot be said
A sin, or shame, or loss of maidenhead,
Yet this enjoys before it woo,
And pampered swells with one blood made of two,
And this, alas, is more than we would do.

Oh stay, three lives in one flea spare,
Where we almost, nay more than married are.
This flea is you and I, and this
Our marriage bed, and marriage temple is;
Though parents grudge, and you, we'are met,
And cloistered in these living walls of jet.
Though use make you apt to kill me,
Let not to this self murder added be,
And sacrilege, three sins in killing three.

Cruel and sudden, hast thou since
Purpled thy nail, in blood of innocence?
In what could this flea guilty be,
Except in that drop which it sucked from thee?
Yet thou triumph'st, and say'st that thou
Find'st not thyself, nor me the weaker now;

Sieh an den Floh und du erfährst,
Wie wenig das ist, was du mir verwehrst.
Er saugte mich aus und nun dich,
Und unser Blut, im Floh vermischt es sich.
Dies kann man nicht als ein Vergehn
Und den Verlust der Jungfernschaft ansehn.
Der Floh genießt, bevor er freit,
Und wird von einem Blut aus zweien breit,
Und wir, herrje, sind nicht zu mehr bereit!

Halt, schone drei in einem Floh,
Vermählt beinah, ja mehr noch sind wir so.
Der Floh ist Du-und-Ich. Du siehst,
Dass Brautbett er und Traukapelle ist.
Ists dir und deinen Eltern auch ein Graus,
Uns zwei umschließt aus Jett lebendiges Haus.
Zu töten mich, das steht dir frei,
Doch füg dem nicht noch einen Selbstmord bei,
Dreifache Sünde, tötest du uns drei.

Jähzornig, grausam hast du jetzt
Mit Unschuldsblut den Nagel dir benetzt!
Was wäre in dem Floh denn Schuld
Als jener Tropfen Blut, aus dir gezullt?
Doch triumphierst du, sagst zu Recht,
Du fändest weder dich noch mich geschwächt.

32 'Tis true, then learn how false fears be;
Just so much honour, when thou yield'st to me,
Will waste, as this flea's death took life from thee.

So lern, ganz falsch sind Furcht und Scham;
Nur so viel Ehre stirbt, gibst du dich zahm,
Als Leben dir der Tod des Flohs wegnahm.

Send home my long strayed eyes to me,
Which (oh) too long have dwelt on thee,
Yet since there they have learned such ill,
Such forced fashions,
And false passions,
That they be
Made by thee
Fit for no good sight, keep them still.

Send home my harmless heart again,
Which no unworthy thought could stain,
But if it be taught by thine
To make jestings
Of protestings,
And cross both
Word and oath,
Keep it, for then 'tis none of mine.

Yet send me back my heart and eyes,
That I may know, and see thy lies,
And may laugh and joy, when thou
Art in anguish
And dost languish
For some one
That will none,
Or prove as false as thou art now.

Schick meine Augen heim zu mir,
Zu lang, ach, weilten sie auf dir.
Doch da sie Böses lernten dort:
Exaltiertheit
Und Geziertheit,
Bös und blind
Durch dich sind,
Behalt sie nun und immerfort.

Mein arglos Herz schick wieder heim,
In ihm war keines Lasters Keim.
Doch wenn es nun gelernt durch deins,
Liebesschmachten
Zu verachten,
Schwur und Flehn
Zu übersehn,
Behalt es, denn dann ists nicht meins.

Doch schick mir Herz und Augen denn,
Dass deine Lügen ich erkenn
Und schneidend lach, wenn du, verletzt,
Dich verachtest,
Wenn du schmachtest
Für ein' vom Schlag,
Der Fraun nicht mag,
Oder so falsch ist wie du jetzt.

I fix mine eye on thine, and there
Pity my picture burning in thine eye,
My picture drowned in a transparent tear,
When I look lower I espy;
Hadst thou the wicked skill
By pictures made and marred, to kill,
How many ways mightst thou perform thy will?

But now I have drunk thy sweet salt tears,
And though thou pour more, I'll depart;
My picture vanished, vanish fears,
That I can be endamaged by that art;
Though thou retain of me
One picture more, yet that will be,
Being in thine own heart, from all malice free.

## Hexerei durch ein Bild



Ich richt mein Aug auf deins und bin
Voll Mitleid für mein Bild, das dort verbrennt,
Und tieferschaund seh ichs ertränkt darin,
Im klaren Tränenelement.
Besäßt du Künste jetzt,
Im Bild zu töten, vielfach hättst
Du deinen Willen wohl schon durchgesetzt.

Ich trank dein süßes Tränensalz.
Weinst du auch mehr, ich scheide nun;
Mit meinem Bilde schwindet meine Angst,
Es könnt Magie mir Schaden tun.
Behältst du auch dabei
Von mir ein weitres Konterfei –
In deinem Herzen ists von Arglist frei.

## The Apparition

When by thy scorn, o murderess, I am dead,
And that thou think'st thee free
From all solicitation from me,
Then shall my ghost come to thy bed,
And thee, feigned vestal, in worse arms shall see;
Then thy sick taper will begin to wink,
And he, whose thou art then, being tired before,
Will, if thou stir, or pinch to wake him, think
Thou call'st for more,
And in false sleep will from thee shrink,
And then poor aspen wretch, neglected thou
Bathed in a cold quicksilver sweat wilt lie
A verier ghost than I;
What I will say, I will not tell thee now,
Lest that preserve thee; and since my love is spent,
I had rather thou shouldst painfully repent,
Than by my threatenings rest still innocent.

Starb ich, o Mörderin, an deinem Hohn
Und glaubst du, du befreist
Dich so von meinem Werben, schleicht mein Geist
Sich an dein Bett: In schlechtren Armen schon
Wird er dich, heuchelnde Vestalin, sehn.
Siech flackert deine Kerze dann, und er,
Der dich dann hat, der müde eingenickt,
Glaubt, hast du aufzuwecken ihn gezwickt,
Du riefst nach mehr.
Er wird sich Schlaf vortäuschend von dir drehn.
Dann, zittrigs Bündel Elend, so versetzt
Wirst du, quecksilbrig schwitzend, sicherlich
Gespenstiger als ich.
Was ich dann sage, nicht verrat ichs jetzt,
Du könntest dich retten! Meine Liebe wich.
Drum will ich, dass du schmerzlich Buße tust
Und nicht, gewarnt, in Unschuld weiter ruhst.

# A Valediction: forbidding Mourning

As virtuous men pass mildly away,
And whisper to their souls, to go,
Whilst some of their sad friends do say,
The breath goes now, and some say, no:

So let us melt, and make no noise,
No tear-floods, nor sigh-tempests move,
'Twere profanation of our joys
To tell the laity our love.

Moving of th' earth brings harms and fears,
Men reckon what it did and meant,
But trepidation of the spheres,
Though greater far, is innocent.

Dull sublunary lovers' love
(Whose soul is sense) cannot admit
Absence, because it doth remove
Those things which elemented it.

But we by love, so much refined,
That ourselves know not what it is,
Inter-assured of the mind,
Care less, eyes, lips, and hands to miss.

Wie tapfre Menschen still von dannen gehen,
Nur flüsternd »Geh nun, Seele mein!«
Wenn die betrübten Freunde um sie stehen,
Der sagt, er atmet, der sagt nein,

So, ohne Tränenflut und Seufzerstürme
Lass uns vergehn mit stummem Mund,
Entweiht wär unsre Lust, wär dem Gewürme
Der Laien unsre Liebe kund.

Erdbeben zeitigt Angst und Schmerz und Zähren,
Die Menschen rätseln, was der Stoß
Bewirkt, doch die Erschütterung der Sphären,
Ob größer zwar, bleibt folgenlos.

Der erdverhaftet dumpf Verliebten Liebe,
Sie ist der Sinne und des Scheins,
Erträgt kein Fernesein, denn es vertriebe
Die Elemente ihres Seins.

Doch wir, durch Liebe so sublim vollendet,
Dass sie uns unbekannt im Grund,
Wir, gegenseitig uns im Geist verpfändet,
Entbehrn leicht Auge, Hand und Mund.

Our two souls therefore, which are one,
Though I must go, endure not yet
A breach, but an expansion,
Like gold to aery thinness beat.

If they be two, they are two so
As stiff twin compasses are two,
Thy soul the fixed foot, makes no show
To move, but doth, if th' other do.

And though it in the centre sit,
Yet when the other far doth roam,
It leans, and hearkens after it,
And grows erect, as that comes home.

Such wilt thou be to me, who must
Like th' other foot, obliquely run;
Thy firmness makes my circle just,
And makes me end, where I begun.

Drum können unsre Seelen – eins die beiden –
Wenn ich nun fortgeh ungewollt,
Nie einen Bruch, Erweitrung nur erleiden
Wie hauchdünn ausgeschlagnes Gold.

Und sind sie zwei, so sind sie doch nur doppelt,
Wie es die Zirkelschenkel sind.
Du, fester Fuß, stehst still und folgst, gekoppelt,
Dem Drehn des andern Fußes blind.

Zwar kann er seinen Mittelpunkt nicht tauschen,
Doch ist der andre weit hinaus,
Lehnt er sich vor, ihm hinterherzulauschen
Und stellt sich grad, kehrt er nach Haus.

So wirst du sein für mich: Dein Lauf ist pflichtig
Dem Lauf des andern Fußes dann;
Dein Festsein zeichnet meine Kreisbahn richtig,
So dass ich end, wo ich begann.

When my grave is broke up again
Some second guest to entertain,
(For graves have learned that woman-head
To be to more than one a bed)
And he that digs it, spies
A bracelet of bright hair about the bone,
Will he not let us alone,
And think that there a loving couple lies,
Who thought that this device might be some way
To make their souls, at the last busy day,
Meet at this grave, and make a little stay?

If this fall in a time, or land,
Where mis-devotion doth command,
Then, he that digs us up, will bring
Us, to the Bishop, and the King,
To make us relics; then
Thou shalt be a Mary Magdalen, and I
A something else thereby;
All women shall adore us, and some men;
And since at such time, miracles are sought,
I would have that age by this paper taught
What miracles we harmless lovers wrought.

First, we loved well and faithfully,
Yet knew not what we loved, nor why,

Wenn wieder man mein Grab aufsprengt,
Damit es zweiten Gast empfängt
(Die Gräber wissen: Frauenschoß
Ist Bett für mehr als einen bloß)
Da wird der Gräber wohl gewahr
Den hellen Kranz von Haar um mein Gebein.
Lässt der uns nicht allein
Und denkt er nicht: Hier liegt ein Liebespaar,
Das diesen Kranz als Mittel ansehn mag,
Dass seine Seelen einst am Jüngsten Tag
Zur Rast sich träfen hier am Sarkophag?

Fällt dies in Zeiten und ein Land,
Wo Götzendienst hat Oberhand,
Trägt Gräber uns und Gräberin
Zum König oder Bischof hin.
Wir sind Reliquien dann.
Du wirst St. Magdalena sein und ich
Werd auch was. Dich und mich
Flehn alle Fraun und ein paar Männer an.
Da jene Zeit auf Wunder sehr bedacht,
Sei'n ihr durch dies Papier bekanntgemacht
Die Wunder, die wir Harmlosen vollbracht.

Wir liebten treulich, gut und dumm
Und wussten nicht, was und warum.

Difference of sex no more we knew,
Than our guardian angels do;
Coming and going, we
Perchance might kiss, but not between those meals;
Our hands ne'er touched the seals,
Which nature, injured by late law, sets free:
These miracles we did; but now alas,
All measure, and all language, I should pass,
Should I tell what a miracle she was.

Geschlecht war uns wie unsern zwei
Schutzengeln fremd und einerlei.
Willkommens-, Abschiedskuss
Gönnten wir uns, nicht mehr. Wir rührten nicht
An Siegel, die man bricht
Nach neustem Recht, Naturrecht auf Genuss.
Die Wunder taten wir. Ach, mir ist klar,
Sprache wär nie so maßlos steigerbar,
Je kundzutun, das Wunder, das sie war.

She is dead; and all which die
To their first elements resolve;
And we were mutual elements to us,
And made of one another.
My body then doth hers involve,
And those things whereof I consist, hereby
In me abundant grow, and burdenous,
And nourish not, but smother.
My fire of passion, sighs of air,
Water of tears, and earthly sad despair,
Which my materials be,
But near worn out by love's security,
She, to my loss, doth by her death repair,
And I might live long wretched so
But that my fire doth with my fuel grow.
Now as those active kings
Whose foreign conquest treasure brings,
Receive more, and spend more, and soonest break:
This (which I am amazed that I can speak)
This death, hath with my store
My use increased.
And so my soul more earnestly released,
Will outstrip hers; as bullets flown before
A latter bullet may o'ertake, the powder being more.

Sie starb. Alles was stirbt
Löst sich in Elemente auf.
Wir warn uns Elemente, waren ganz
Aus zweien eins geworden.
Mein Leib nimmt ihren Körper auf,
Und alles, woraus ich besteh, erwirbt
Dadurch ein Mehr, und lästige Abundanz
Muss mich zuletzt ermorden.
Luft: Seufzer, Feuer: Leidenschaft,
Erde: Verzweiflung, Wasser: Tränensaft –
Baustoffe meines Ichs,
Durch sorglos üppige Liebe fast erschlafft,
Ihr Tod, Verlust mir, stärkt sie wesentlich.
Lang müsst ich leben voller Qual,
Wächst nicht mein Feuer mit dem Material.
Wie manchem König, der
Durch Auswärtssiege immer mehr
Geld einnimmt, doch auch ausgibt all das Geld,
Vermehrte mir, wie baff ich festgestellt,
Ihr Tod mit meinem Vorrat auch
Den Stoffverbrauch.
Und so wird meine Seele, freigesetzt,
Die ihre überholn, wie eine Kugel glatt
Die früher abgeschossene, da sie mehr Pulver hat.

Thou art not so black, as my heart,
Nor half so brittle, as her heart, thou art;
What wouldst thou say? Shall both our properties
by thee be spoke,
Nothing more endless, nothing sooner broke?

Marriage rings are not of this stuff;
Oh, why should aught less precious, or less tough
Figure our loves? Except in thy name thou
have bid it say,
I am cheap, and naught but fashion, fling me away.

Yet stay with me since thou art come,
Circle this finger's top, which didst her thumb.
Be justly proud, and gladly safe, that thou dost
dwell with me,
She that, oh, broke her faith, would soon break thee.

So schwarz nicht wie mein Herz, du bist
Nicht halb so brüchig, wie ihr Herz es ist.
Sprichst du von unseren Eigenschaften, kleiner Ring?
So endlos und so brüchig ist kein Ding.

Ein Ehering ist aus hartem Gold,
Und solche wertlos weiche Sache sollt
Für unsre Liebe stehn? Nimmst du für sie das Wort:
Bin billig, nichts als Mode, wirf mich fort.

Doch bleib schon da, und es umschling,
Mein kleinen Finger nun ihr Daumenring.
Sei stolz und fühl dich sicher bei mir nach und nach:
Sie bräch entzwei dich, wie sie Treue brach.

I never stooped so low, as they
Which on an eye, cheek, lip, can prey,
Seldom to them, which soar no higher
Than virtue or the mind to admire,
For sense, and understanding may
Know, what gives fuel to their fire:
My love, though silly, is more brave,
For may I miss, whene'er I crave,
If I know yet what I would have.

If that be simply perfectest
Which can by no way be expressed
But negatives, my love is so.
To all, which all love, I say no.
If any who decipher best,
What we know not, ourselves, can know,
Let him teach me that nothing; this
As yet my ease, and comfort is,
Though I speed not, I cannot miss.

Nie sank so tief ich, wie der sinkt,
Der sich an Aug und Mund satt trinkt,
Selten wie einer, den schon Geist
Und Tugend zur Bewunderung hinreißt;
Gut wüssten Sinne und Verstand,
Was echt sein Liebesfeuer speist.
Ich lieb mit kühnrer Zuversicht.
Bleibt aus, worauf ich Hoffnung richt,
Weiß ich doch, was ich will, was nicht.

Wenn am vollkommensten, was man
Nur in Verneinung sagen kann,
So muss es meine Liebe sein:
Zu allem, was alle lieben, sag ich nein.
Wer was wir nicht verstehn verstand,
D.h. uns selbst kennt voll und rein,
Der lehr mich dieses Nichts verstehn.
Es ist mir Trost, weil ich erkenn,
Mir wird, krieg nichts ich, nichts entgehn.

# The Expiration

So, so, break off this last lamenting kiss,
Which sucks two souls, and vapours both away,
Turn thou ghost that way, and let me turn this,
And let ourselves benight our happiest day,
We asked none leave to love; nor will we owe
Any, so cheap a death, as saying, "Go;"

Go; and if that word have not quite killed thee,
Ease me with death, by bidding me go too.
Oh, if it have, let my word work on me,
And a just office on a murderer do.
Except it be too late, to kill me so,
Being double dead, going, and bidding, "Go."

Weh, weh, so lös den klagend letzten Kuss!
Zwei Seelen saugt er an und haucht sie weg.
Dein Geist nehm jenen Weg, ich den zum Schluss,
Dass Nacht der Tage glücklichsten bedeck.
Wer bat zur Liebe um Erlaubnis je?
Warum zum Sterben mit dem Wörtchen »geh«?

Geh! Hat dies Wort dich nicht schon umgebracht,
Heil mich durch Tod und sage: »Geh auch du.«
Ists tödlich dir, üb es an mir die Macht,
So kommt es einem Mörder rechtens zu.
Zu spät wohl, dass man mich so sterben seh!
O Doppeltod: Ich geh und sage »Geh!«

Whilst yet to prove,
I thought there was some deity in love;
So did I reverence, and gave
Worship, as atheists at their dying hour
Call, what they cannot name, an unknown power,
As ignorantly did I crave:
Thus when
Things not yet known are coveted by men,
Our desires give them fashion, and so
As they wax lesser, fall, as they size, grow.

But, from late fair
His highness sitting in a golden chair,
Is not less cared for after three days
By children, than the thing which lovers so
Blindly admire, and with such worship woo;
Being had, enjoying it decays:
And thence,
What before pleased them all, takes but one sense,
And that so lamely, as it leaves behind
A kind of sorrowing dullness to the mind.

Ah cannot we,
As well as cocks and lions jocund be,
After such pleasures? Unless wise

Eh Liebe ich erfuhr,
Hielt Liebe ich für göttlicher Natur,
Verehrte sie im Bittgebet
Wie Atheisten in der Sterbenacht
Die »unnennbare, unbekannte Macht«.
Unwissend habe ich gefleht:
So gibt
Dem Unbekannten, wenn der Mensch es liebt,
Der Wunsch erst die Gestalt; es wächst wie er,
Bei Schwachen schwächlich und bei Starken sehr.

Auf ihrem goldenen Thron
Die Jahrmarktskönigin, die achten schon
In kurzem Kinder kaum so viel
Wie jenes Etwas, das Verliebte so
Blindlings verehrn und fordern lichterloh:
Die Bettlust und das Liebesspiel.
Was Spaß
Gemacht, zu bloßer Stimmung wird jetzt das,
Und zwar sehr lahmer, denn es lässt kein Glück,
Leidvolle Geistesdumpfheit nur zurück.

Warum nur könn wir, ach,
Nicht fröhlich sein wie Hahn und Löwe nach
Solchem Genuss? Wenn schon Natur

Nature decreed (since each such act, they say,
Diminisheth the length of life a day)
This; as she would man should despise
The sport,
Because that other curse of being short,
And only for a minute made to be
Eager, desires to raise posterity.

Since so, my mind
Shall not desire what no man else can find,
I'll no more dote and run
To pursue things which had endamaged me.
And when I come where moving beauties be,
As men do when the summer's sun
Grows great,
Though I admire their greatness, shun their heat;
Each place can afford shadows. If all fail,
'Tis but applying worm-seed to the tail.

In ihrer Weisheit (obwohl jeder Akt
Dem Leben einen ganzen Tag abzwackt)
Nicht wollte, dass der Mensch Begattung stur
Verschmäht.
Denn jener andre Fluch (kurzlebig und unstät
Und für Minuten nur gemacht zu sein)
Gibt nur den Wunsch nach vielen Enkeln ein.

Mein Geist, er soll alsdann
Nicht mehr begehrn, was niemand finden kann.
Nicht mehr mit schwärmerischer Lust
Verfolge ich, was mir so wehtat eh.
Und wenn ich herzbewegend Schöne seh,
Tu ich, wie du bei Sonne im August
Tun musst:
Ich staun die Größe an und meid die Glut.
Schatten gibts überall. Hilft der nicht, kanns
Ein bisschen Wurmsaat: Die beruhigt den Schwanz.

Stand still, and I will read to thee
A lecture, love, in love's philosophy.
These three hours that we have spent,
Walking here, two shadows went
Along with us, which we ourselves produced;
But, now the sun is just above our head,
We do those shadows tread;
And to brave clearness all things are reduced.
So whilst our infant loves did grow,
Disguises did, and shadows, flow,
From us, and our care; but, now 'tis not so.

That love hath not attained the high'st degree,
Which is still diligent lest others see.

Except our loves at this noon stay,
We shall new shadows make the other way.
As the first were made to blind
Others; these which come behind
Will work upon ourselves, and blind our eyes.
If our loves faint, and westwardly decline;
To me thou, falsely, thine,
And I to thee mine actions shall disguise.
The morning shadows wear away,
But these grow longer all the day,
But oh, love's day is short, if love decay.

Steh, Liebste, still und hör auf diesem Weg
Ein liebesphilosophisches Kolleg.
In drei Stunden Wanderns hier
Warn Begleiter dir und mir
Zwei Schatten, die wir selbst hervorgebracht.
Wir haben, häuptlings steht die Sonne jetzt,
Den Fuß auf sie gesetzt.
Alles ist klar und umrissscharf gemacht.
Als Liebe jung, noch ängstlich sehr,
Warfen wir Schatten vor uns her,
Uns zu vermummen. So ists jetzt nicht mehr.

*Die* Liebe steht noch nicht in dem Zenit,
Die voller Angst ist, dass sie einer sieht.

Macht unsre Liebe nicht im Mittag halt,
Gibts Schatten andrer Richtung bald.
Machten jene andre blind,
Diese, die jetzt folgen, sind
Für uns und blenden unsre Augen nun.
Sinkt unsre Liebe, schwach, dem Westen zu
Wirst falscherweise du
Wie ich vor dir verbergen mir dein Tun.
Die Morgenschatten werden schwach.
Doch diese wachsen lang – und ach,
Der Liebe Tag ist kurz, lässt Liebe nach.

Love is a growing, or full constant light;
And his first minute, after noon, is night.

Der Liebe Licht wächst stetig angefacht, 
Ein Augenblick nach Mittag ist schon Nacht.

Send me some token, that my hope may live,
Or that my easeless thoughts may sleep and rest;
Send me some honey to make sweet my hive,
That in my passions I may hope the best.
I beg no ribbon wrought with thine own hands,
To knit our loves in the fantastic strain
Of new-touched youth; nor ring to show the stands
Of our affection, that as that's round and plain,
So should our loves meet in simplicity;
No, nor the corals which thy wrist enfold,
Laced up together in congruity,
To show our thoughts should rest in the same hold;
No, nor thy picture, though most gracious,
And most desir'd cause 'tis like thee [the] best;
Nor witty lines, which are most copious,
Within the writings which thou hast addressed.

Send me nor this, nor that, t'increase my score,
But swear thou thinkst I love thee, and no more.

Schick mir ein Pfand, dass meine Hoffnung lebe!
Mein rastlos Grübeln ruh und raste dann.
Schick Honig, der dem Leiden Süße gebe,
Dass ich im Leid das Beste hoffen kann.
Ich will kein Band gewebt von deinen Händen,
Das unsre Lieben jugendkräftig flicht.
Du sollst auch, bitte, keinen Ring mir senden,
Der unsrer Neigung Stand zeigt: rund und schlicht.
In Schlichtheit solln sich unsre Lieben finden:
Schick nicht Koralln, die um dein Handgelenk
In schöner Harmonie sich sanft verbinden –
Gleichnis, dass jeder von uns Gleiches denkt,
Nein, auch dein Bild nicht, das höchst anmutsvolle,
Wie du das beste und drum heiß begehrt,
Auch nicht die Verse, witzig liebestolle,
In all den Briefen, die du mir verehrt.

Mich zu bereichern, schick nichts mehr. Nur schwör,
Du glaubest fest, ich liebe dich, nichts mehr.

He that cannot choose but love,
And strives against it still,
Never shall my fancy move;
For he loves 'gainst his will;
Nor he which is all his own,
And can at pleasure choose,
When I am caught he can be gone,
And when he list refuse.
Nor he that loves none but fair,
For such by all are sought;
Nor he that can for foul ones care,
For his judgement then is naught:
Nor he that hath wit, for he
Will make me his jest or slave;
Nor a fool, for when others ...,
He can neither ...
Nor he that still his mistress pays,
For she is thralled therefore:
Nor he that pays not, for he says
Within she's worth no more.
Is there then no kind of men
Whom I may freely prove?
I will vent that humour then
In mine own self love.

Wer liebt, weil er nicht anders kann
Und sich nicht sträubt dagegen –
Nein, so ein willensschwacher Mann
Soll nie mein Herz bewegen.
Doch auch nicht so ein Willensbold,
Der nach Gefalln entscheidet,
Der, fing er mich, davon sich trollt,
Und dableibt, wenns ihm leidet.
Auch der nicht, der nur Schöne jagt,
Die jagen alle nämlich,
Nicht der, dem Hässliches behagt,
Sein Urteil ist dann dämlich.
Auch nicht der Schlaumann, denn er macht
Zur Sklavin mich und Närrin.
Doch auch kein Narr, der nur blöd lacht,
Entreißt man ihm die Herrin.
Nicht der die Liebste reich beschenkt,
Dass er sie knechte schneller,
Noch der, der nichts schenkt, denn er denkt,
Wert ist sie keinen Heller.
So gibts denn nichts in Männerkluft,
Was mir zur Probe bliebe?
Ich mache meiner Neigung Luft,
Indem ich selbst mich liebe.

Fond woman, which wouldst have thy husband die,
And yet complain'st of his great jealousy;
If swoll'n with poison, he lay in his last bed,
His body with a sere-bark covered,
Drawing his breath, as thick and short, as can
The nimblest crocheting musician,
Ready with loathsome vomiting to spew
His soul out of one hell, into a new,
Made deaf with his poor kindred's howling cries,
Begging with few feigned tears, great legacies,
Thou wouldst not weep, but jolly, and frolic be,
As a slave, which tomorrow should be free;
Yet weep'st thou, when thou seest him hungerly
Swallow his own death, heart's-bane jealousy.
O give him many thanks, he is courteous,
That in suspecting kindly warneth us.
We must not, as we used, flout openly,
In scoffing riddles, his deformity;
Nor at his board together being sat,
With words, nor touch, scarce looks adulterate.
Nor when he swoll'n, and pampered with great fare,
Sits down, and snorts, caged in his basket chair,
Must we usurp his own bed any more,
Nor kiss and play in his house, as before.
Now I see many dangers; for that is
His realm, his castle, and his diocese.

Miststück, du wünschst des Gatten Tod herbei,
Verwünschend seine Eifersüchtelei.
Er auf dem Totenbette, giftgeschwollen,
Die Haut bedeckt von Schorf und Eiterbollen,
Er atmet röchelnd, bläst und stemmt und presst
Wie'n Bläser, der die Achtel knattern lässt,
Die Seele auszuwürgen wie Gewölle
Von einer Hölle in die andre Hölle;
Von der Verwandtschaft Wehgeschrei ertaubt,
Die Gold für Tränenblech zu erben glaubt.
Du würdst nicht weinen, sondern fröhlich schreien
So wie ein Sklave, den sie grad befreien.
Doch weinst du, wenn er (ja nicht ohne Not)
Das Herzgift Eifersucht schluckt, seinen Tod.
Dank' eher ihm, er ist ganz ohne Tarnung:
Sein Misstraun ist uns eine klare Warnung.
Nicht länger dürfen seine Missgestalt
Wir höhnen, so ganz ohne Vorbehalt,
Nicht ehebrecherisch an seiner Tafel sitzen
Mit Fußberührung, Blicken, schrägen Witzen,
Noch wenn (gebläht, mit Essen vollgepackt)
Er schnarchend sich in seinen Korbstuhl flackt.
Noch dürfen wir, wie jetzt, sein Bett belegen,
In seinem Haus der Liebeskünste pflegen!
Blind wäre, der hier nicht Gefahren sieht.
Hier ist sein Sprengel, sein Herrschaftsgebiet.

But if, as envious men, which would revile
Their prince, or coin his gold, themselves exile
Into another country, and do it there,
We play in another house, what should we fear?
There we will scorn his household policies,
His silly plots, and pensionary spies,
As the inhabitants of Thames' right side
Do London's Mayor; or Germans, the Pope's pride.

Will einer einen Staat zugrunde richten,
Muss er zum Falschgelddruck ins Ausland flüchten.
So suchen wir uns halt ein andres Haus
Für ungefährdet flotte Spielchen aus.
Dies seiner Paschapolitik zum Hohne!
Wir spotten seiner Falln und Hausspione
Wie dem Lord Mayor die Leute rechts vom Strom
Und wie die Deutschen jenem Herrn in Rom.

No spring, nor summer beauty hath such grace,
As I have seen in one autumnal face.
Young beauties force your love, and that's a rape,
This doth but counsel, yet you cannot scape.
If 'twere a shame to love, here 'twere no shame,
Affection here takes reverence's name.
Were her first years the Golden Age; that's true,
But now she's gold oft tried, and ever new.
That was her torrid and inflaming time,
This is her tolerable tropic clime.
Fair eyes, who asks more heat than comes from hence,
He in a fever wishes pestilence.
Call not these wrinkles, graves; if graves they were,
They were Love's graves; for else he is nowhere.
Yet lies not Love dead here, but here doth sit
Vowed to this trench, like an anachorit.
And here, till hers, which must be his death, come,
He doth not dig a grave, but build a tomb.
Here dwells he, though he sojourn everywhere
In Progress, yet his standing house is here.
Here, where still evening is; not noon, nor night;
Where no voluptuousness, yet all delight.
In all her words, unto all hearers fit,
You may at revels, you at council, sit.
This is Love's timber, youth his underwood;
There he, as wine in June, enrages blood,

Die Lenz- und Sommerschönen haben nichts
Vom Liebreiz dieses herbstlichen Gesichts.
Junges Gesicht reißt uns zur Liebe hin,
Dies legt sie nah, und doch ist kein Entfliehn.
Wärs Liebe je, hier wär sie keine Schand:
Begehrung wird Verehrung hier genannt.
Zwar war die Jugend ihre Goldne Zeit,
Jetzt ist sie Gold erprobter Lauterkeit.
War sie einst stürmisch, aufs Entflammen wild,
Ist jetzt ihr Klima mittelmeerisch mild.
Wer fordert, dass ihr Aug glutvoller glänz',
Der wünscht im Fieber sich die Pestilenz.
Nennt Gräben nicht die Runzeln; wären sie's,
Wärn sie, was sonst, Gott Amors Grabverlies.
Doch läg er drin nicht tot, würd weiterleben,
Bewachte wie ein Eremit die Gräben.
Stirbt Liebe (das bedeutet auch sein End),
Gräbt er kein Grab, er baut ein Monument.
Hier wohnt er; ruht bald hier, bald dort
Auf Reisen, doch hier ist sein Hauptstandort.
Hier, wo im Dämmer ewigen Abendlichts
Die Freude alles ist und Wollust nichts.
Beim Fest, im Rat wird ihr Wort hochgeschätzt.
Sie ist der Liebe stämmiges Nutzholz jetzt,
Die in der Jugend nur ein dünnes Reis.
Das Blut macht sie, wie Wein im Juni, heiß,

Which then comes seasonabliest, when our taste
And appetite to other things is past.
Xerxes' strange Lydian love, the platan tree,
Was loved for age, none being so large as she,
Or else because, being young, nature did bless
Her youth with age's glory, barrenness.
If we love things long sought, age is a thing
Which we are fifty years in compassing.
If transitory things, which soon decay,
Age must be loveliest at the latest day.
But name not winter-faces, whose skin's slack;
Lank, as an unthrift's purse; but a soul's sack;
Whose eyes seek light within, for all here's shade;
Whose mouths are holes, rather worn out than made;
Whose every tooth to a several place is gone,
To vex their souls at Resurrection;
Name not these living death's-heads unto me,
For these, not ancient, but antiques be.
I hate extremes; yet I had rather stay
With tombs than cradles, to wear out a day.
Since such love's natural lation is, may still
My love descend, and journey down the hill,
Not panting after growing beauties: so
I shall ebb out with them, who homeward go.

Der dann am besten schmeckt zum Herbstzeitschluss,
Verging die Lust auf anderen Genuss.
Liebte der Lyder Xerxes, 's ist kurios,
Nicht 'ne Platane, weil sie alt und groß?
Vielleicht auch, weil sie schon zur Jugendzeit
Des Alters Vorzug hat: Unfruchtbarkeit.
Wir lieben Langersehntes: Altern heißt
Das Ding, das man an fünfzig Jahr umkreist.
Wenn das Vergängliche schon schön sein mag:
Am schönsten wird des Alters letzter Tag.
Wie mir vor Winterfratzen, Seelensäcken graut!
Schlaff wie Verschwenderbörse ist die Haut;
Das Aug, das Licht sucht hier im Schattenbrau'n;
Der Mund – ein Loch ins welke Fleisch gehau'n;
Und jeder Zahn verstreut an andrem Ort,
Den Seeln am Auferstehungstag zum Tort.
Weg mit derart lebendigem Totenschädel!
Der ist antik nicht, sondern nichts als Trödel.
Extreme hass' ich: Lieber doch ertrag
Bei Gräbern ich als Wiegen einen Tag.
Naturgemäß geht Liebe westwärts nieder,
Den Berg hinab; so werd auch ich nicht wieder
Lechzend nach Schönen, die erst aufblühn, sehn
Und ebb mit denen aus, die heimwärts gehn.

So we her airs contemplate, words and heart,
And virtues; but we love the centric part.
Nor is the soul more worthy, or more fit
For love than this, as infinite as it.
But in attaining this desired place
How much they stray, that set out at the face!
The hair a forest is of ambushes,
Of springes, snares, fetters and manacles;
The brow becalms us when 'tis smooth and plain,
And when 'tis wrinkled, shipwrecks us again;
Smooth, 'tis a paradise, where we would have
Immortal stay, and wrinkled 'tis our grave.
The nose like to the first meridian runs
Not 'twixt an east and west, but 'twixt two suns;
It leaves a cheek, a rosy hemisphere
On either side, and then directs us where
Upon the Islands Fortunate we fall,
(Not faint Canary, but ambrosial)
Her swelling lips; to which when we are come,
We anchor there, and think ourselves at home,
For they seem all: there sirens' songs, and there
Wise Delphic oracles do fill the ear;
There in a creek where chosen pearls do swell,
The remora, her cleaving tongue doth dwell.
These, and the glorious promontory, her chin
O'erpast; and the strait Hellespont between

Wir ehrn beim Weib Herz, Geist und gute Sitten.
Doch lieben wir den Teil in ihrer Mitten.
Selbst unsre Seelen sind nicht tauglicher
Zur Liebe, sind nicht würdiger als der.
Doch wolln sie zu dem Ort, auf den sie spinnen,
Gehn irre die, die am Gesicht beginnen.
Ihr Haar schon ist gefährlich wirrer Wald,
Ein falln- und schlingenreicher Hinterhalt.
Bei glatter Stirn sind wir in einer Flaute,
Schiffbruch bewirkt die runzlig aufgerauhte;
Sie ist das ewige Paradies, wenn glatt,
Jedoch ein Grab uns, wenn sie Runzeln hat.
Die Nas verläuft gleich erstem Längenkreise
Zwischen zwei Sonnen, nicht gewohnterweise
Von Ost nach West; fährt beiderseits an zwei
Rotbäckchen, rosigen Hemisphärn, vorbei,
Lässt zu den Seligen Inseln uns gelangen,
Wo wir statt Wein Ambrosia empfangen,
Den schwellnden Lippen; dort nun gehen wir
Vor Anker wie an heimatlicher Pier.
Hier fehlts an nichts; du lauschst Sirenenchören,
Kannst delphischen Orakels Raunen hören.
In einer Bucht voll edler Perlen kreuzt
Der Saugfisch mit der Zunge, die sich spreizt.
Hast du das schöne Kap umschifft, ihr Kinn,
Dann zwischen Hügeln, ihren Brüsten, hin,

The Sestos and Abydos of her breasts,
(Not of two lovers, but two loves the nests)
Succeeds a boundless sea, but yet thine eye
Some island moles may scattered there descry;
And sailing towards her India, in that way
Shall at her fair Atlantic navel stay;
Though thence the current be thy pilot made,
Yet ere thou be where thou wouldst be embayed,
Thou shalt upon another forest set,
Where many shipwreck, and no further get.
When thou art there, consider what this chase
Misspent by thy beginning at the face.
Rather set out below, practise my art,
Some symmetry the foot hath with that part
Which thou dost seek, and is thy map for that
Lovely enough to stop, but not stay at:
Least subject to disguise and change it is;
Men say the Devil never can change his.
It is the emblem that hath figured
Firmness; 'tis the first part that comes to bed.
Civility, we see, refined the kiss
Which at the face begun, transplanted is
Since to the hand, since to the imperial knee,
Now at the papal foot delights to be.
If kings think that the nearer way, and do
Rise from the foot, lovers may do so too;
For as free spheres move faster far than can
Birds, whom the air resists, so may that man

Die Städtchen Sestos, Abydos zu Seiten,
Wirst du den Hellespont hinuntergleiten.
Dann wird sich uferloses Meer erstrecken;
Du wirst paar Inseln sehen, Leberflecken;
Kurs auf ihr Indien haltend, findst du auch
Den Nabel im Atlantik, ihrem Bauch.
Von dort lotst dich die Strömung, du kannst schlafen.
Doch eh du einläufst im ersehnten Hafen
Triffst du auf einen zweiten Wald, wo prompt
So mancher strandet und nicht weiterkommt.
Ist man am Ziel, wird klar: Viel Zeit verrinnt
Für nichts, wenn man die Fahrt am Kopf beginnt.
Fang lieber unten an, wie ich's mach. Weil:
Der Fuß gleicht sehr doch dem gesuchten Teil.
Er dient als Karte; ist schön anzusehn,
Doch bleibe nicht für länger bei ihm stehn.
Der Fuß kann sich nicht ändern, nicht schöndrechseln.
(Der Teufel selbst kann seinen Fuß nicht wechseln.)
Heraldisch steht er drum für Festigkeit;
Macht sich im Bett vor andern Gliedern breit.
Verfeinert ward der Kuss; erst musste man
Ihn auf die Stirn, dann auf die Hand und dann
Gar auf die kaiserlichen Knie drücken.
Nun küsst man selbst den Papstfuß mit Entzücken.
Haltens auch Könige für den kürzern Weg
(Vom Fuß an hoch), bleibts nicht ihr Privileg.
Schneller als Vögel sind die freien Sphären,
Von keiner Luft gehemmt; so schnell auch wären

Which goes this empty and ethereal way,
Than if at beauty's elements he stay.
Rich Nature hath in women wisely made
Two purses, and their mouths aversely laid;
They then, which to the lower tribute owe,
That way which that exchequer looks, must go.
He which doth not, his error is as great,
As who by clyster gave the stomach meat.

Die, die den leeren duftigen Weg passiern
Und sich nicht in schöne Details verliern.
Natur schuf antipodisch (das war schlau)
Zwei Münder der zwei Börsen jeder Frau.
Wer in die untre einzahlt und wie viel,
Bestimmen Kassenwart und Zahlungsziel.
Wers anders macht, irrt gründlich wie der Tropf,
Der per Klistier mit Fleisch den Magen stopft.

## To his Mistress Going to Bed

Come, Madam, come, all rest my powers defy,
Until I labour, I in labour lie.
The foe oft-times, having the foe in sight,
Is tired with standing though they never fight.
Off with that girdle, like heaven's zone glistering,
But a far fairer world encompassing.
Unpin that spangled breastplate which you wear,
That th' eyes of busy fools may be stopped there.
Unlace yourself, for that harmonious chime
Tells me from you that now 'tis your bed-time.
Off with that happy busk, which I envy,
That still can be, and still can stand so nigh.
Your gown going off, such beauteous state reveals,
As when from flowery meads th' hill's shadow steals.
Off with that wiry coronet and show
The hairy diadem which on you doth grow;
Now off with those shoes, and then safely tread
In this love's hallowed temple, this soft bed.
In such white robes heaven's angels used to be
Received by men; thou angel bring'st with thee
A heaven like Mahomet's paradise; and though
Ill spirits walk in white, we easily know
By this these angels from an evil sprite,
Those set our hairs, but these our flesh upright.
Licence my roving hands, and let them go
Before, behind, between, above, below.

Komm, Liebste, Mannesdrang verwehrt mir Ruh!
Es treibt mich um, bis ich was treib und tu.
Der Feind wird oft, kann er den Feind zwar sehn,
Doch nicht bekämpfen, müd vom bloßen Stehn.
Fort mit dem Gürtel, schön wie Sternenglast,
Der eine noch viel schönre Welt umfasst.
Leg ab den Brustschild, der mit Perlen blitzt
Und dich vor dreister Toren Blick beschützt.
Entbändre dich! Dein lieblich raschelnd Kleid
Richtet mir aus, 's ist deine Bettgehzeit.
Fort mit dem Mieder! Neidisch seh ichs an,
Das sich dir anschmiegt, dir so nah sein kann.
Dein Kleid, wie's fällt, stellt schönstes Land zur Schau,
Wie wenn sich Schatten fortstiehlt von der Au.
Fort mit metallnem Haarreif, offenbar'
Auf deinem Haupt das Diadem aus Haar.
Tritt ein mit sichrem Schritt, die Schuhe aus,
Ins weiche Bett, der Liebe Gotteshaus.
Einst kamen Engel in solch weißem Kleid
Zu Menschen: du, mein Engel, bringst mir heut
Mohammeds Paradies. In Weiß gehn zwar
Auch böse Geister, doch wir sehen klar
Von bös und gutem Geist den Unterschied:
Bei jenem sträubt sichs Haar, bei dem das Glied.
Lass meine Hände schweifen, nimm sie hin,
Hinauf, hinab, hinüber, zwischendrin.

O my America, my new found land,
My kingdom, safeliest when with one man manned,
My mine of precious stones, my empery,
How blessed am I in this discovering thee!
To enter in these bonds is to be free;
Then where my hand is set, my seal shall be.
Full nakedness, all joys are due to thee.
As souls unbodied, bodies unclothed must be,
To taste whole joys. Gems which you women use
Are like Atlanta's balls, cast in men's views,
That when a fool's eye lighteth on a gem,
His earthly soul may covet theirs, not them.
Like pictures, or like books' gay coverings made
For laymen, are all women thus arrayed;
Themselves are mystic books, which only we
Whom their imputed grace will dignify
Must see revealed. Then since I may know,
As liberally as to a midwife show
Thyself: cast all, yea this white linen hence,
Here is no penance, much less innocence.
To teach thee, I am naked first: why then
What needst thou have more covering than a man.

O mein Amerika! Mein Neu-Fund-Land!
Geschützt, wenn nur mit einem Mann bemannt.
Mein Diamantbergwerk, mein Kaiserreich!
O mein Entdeckerglück ist keinem andern gleich!
Frei macht er mich, der Fall in dein Verlies,
Das mit der Hand ich siegle und verschließ.
Vollkommne Nacktheit, sie schenkt Höchstgenuss
Der Lust, wenn kleiderlos der Leib sein muss,
Leiblos die Seele. Perln im Fraungewand
Sind wie Atlantas Äpfel, drauf gebannt
Gierig die Toren starren, nur im Sinn
Goldwerten Schmuck und nicht die Trägerin.
Für Laienaugen tragen Frauen Schmuck
Wie Bücher Buntumschlag und Goldaufdruck.
Sie sind Mysterienbücher, und nur die,
Die ihre Gnadenwahl trifft, sehen sie
Enthüllt. Dass ich dich kenn, musst nun
Du frei dich zeigen, wie's die Frauen tun
Vor Hebammen. Wirf's Linnen fort, wie fremd
Wär doch der Unschuld solch ein Büßerhemd.
Ich bin als erster nackt. So sieh mich an:
Was brauchst du mehr Bedeckung als ein' Mann?

Till I have peace with thee, war other men,
And when I have peace, can I leave thee then?
All other wars are scrupulous; only thou,
O fair free city, mayst thyself allow
To any one. In Flanders, who can tell
Whether the master press, or men rebel?
Only we know, that which all idiots say,
They bear most blows which come to part the fray.
France in her lunatic giddiness did hate
Ever our men, yea and our God of late;
Yet she relies upon our angels well,
Which ne'er return; no more than they which fell.
Sick Ireland is with a strange war possessed
Like to an ague, now raging, now at rest,
Which time will cure, yet it must do her good
If she were purged, and her head-vein let blood.
And Midas' joys our Spanish journeys give,
We touch all gold, but find no food to live.
And I should be in that hot parching clime,
To dust and ashes turned before my time.
To mew me in a ship, is to enthral
Me in a prison, that were like to fall;
Or in a cloister, save that there men dwell
In a calm heaven, here in a swaggering hell.
Long voyages are long consumptions,
And ships are carts for executions.

Krieg, bis ich mit dir Frieden schließe, sei
Mit andren! Doch: Bin ich dann schließlich frei?
Umstritten jeder Krieg. Nur du ergibst
Dich, schöne Freistadt, allen, die du liebst.
Was ist in Flandern los? Drückt Herrschermacht,
Die so des Volkes Rebellion entfacht?
Wir wissen nur wie jeder Idiot:
Im Kampfgewühl schlägt man den Schlichter tot.
Frankreich, im Veitstanz taumelnd, kennt nur Spott,
Hasst uns schon lang und nun auch unsern Gott.
Und liebt doch unsre Goldgeld-Engel sehr,
Gefallne Engel ohne Wiederkehr.
Irland siecht hin, erkrankt an Glaubenswut,
Die wechselfieberhaft bald rast, bald ruht.
Die Zeit wird heiln, doch gut tät ihm wohl das:
Am Kopf ein reinigender Aderlass.
Ein Midas-Glück hat, wer nach Spanien fährt:
Zwar findet er dort Gold, doch nichts, was nährt.
Ich würd in jener Luft, die dörrt und brennt,
Zu Aschenstaub vorm mir bestimmten End.
Ins Schiff gepfercht sein, heißt: ich lieg halbtot
In einem Kerker, dem der Einsturz droht,
Oder im Kloster – doch da lebt man, ach,
In Himmelsruhe, dort im Höllenkrach.
Seereisen sind wie Schwindsucht, und das Boot,
Ein Schinderkarren ist es, ist der Tod.

Yea there are deaths; is't not all one to fly
Into another world, as 'tis to die?
Here let me war; in these arms let me lie;
Here let me parley, batter, bleed, and die.
Thine arms imprison me, and mine arms thee,
Thy heart thy ransom is, take mine for me.
Other men war that they their rest may gain,
But we will rest that we may fight again.
Those wars the ignorant, these th' experienced love,
There we are always under, here above.
There engines far off breed a just true fear,
Near thrusts, pikes, stabs, yea bullets hurt not here.
There lies are wrongs, here safe uprightly lie;
There men kill men, we'will make one by and by.
Thou nothing; I not half so much shall do
In these wars, as they may which from us two
Shall spring. Thousands we see which travel not
To wars, but stay, swords, arms, and shot
To make at home: and shall not I do then
More glorious service, staying to make men?

Ist Sterben andres (in Vergleich gestellt)
Als eine Fahrt in eine andre Welt?
Hier sei mein Krieg. In diesen Armen will
Ich kämpfen! lieg ich, blut ich, sterb ich still.
Dein Arm hält mich gefangen, meiner dich:
Dein Herz dein Lösegeld, nimm meins für mich.
Die andern kämpfen, Ruhe zu erlangen,
Wir aber ruhn, den Kampf neu anzufangen.
Narrn, Schlaue lieben ganz verschiedne Kriege:
Ich liebe den, wo ich stets oben liege.
Dort schrecken sehr Kanonen schon von fern,
Hier hat man Nahkampf, Vor- und Nachstoß gern.
Dort wird gerauft, hier über sich gebeugt,
Dort tötet man, hier wird ein Mensch gezeugt.
Tu nichts! Ich tu im Krieg nur halb so viel
Wie die entstehn durch unser Liebesspiel.
Viele erzeugen, die in' Krieg nicht ziehn,
Musketen doch und Munition für ihn.
Dien ich da nicht der heldenhaftren Sache,
Indem zu Haus ich bleib und Menschen mache?

90 Batter my heart, three-personed God; for, you
As yet but knock, breathe, shine, and seek to mend;
That I may rise, and stand, o'erthrow me, and bend
Your force, to break, blow, burn, and make me new.

I, like an usurped town, to another due,
Labour to admit you, but oh, to no end,
Reason your viceroy in me, me should defend,
But is captived, and proves weak or untrue,

Yet dearly'I love you, and would be loved fain,
But am betrothed unto your enemy,
Divorce me, untie, or break that knot again,
Take me to you, imprison me, for I

Except you enthral me, never shall be free,
Nor ever chaste, except you ravish me.

Erstürme mein Herz! Dreifaltiger Gott, der scheu
Bis jetzt nur anklopft, haucht, heilsam bespricht.
O wirf mich nieder, dass ich mich aufricht!
Brauch Deine Kraft, blas, brenn und mach mich neu!

Ich, eine Stadt, dem Feind verpfändet, freu
Mich auf Dein Kommen. All mein Mühn hilft nicht:
Vernunft, Dein Vogt, dem mich verteidigen Pflicht,
Wird bald gefasst, da schwach und ungetreu,

Doch innigst lieb ich Dich, möcht, dass Du mich
Auch liebst. Und bin dem Feind versprochen doch!
Löse, zerhau den Knoten, scheide mich,
Reiß mich zu Dir, wirf mich ins Kerkerloch!

Ich bin nicht frei, außer Du bändest mich.
Ich bin nicht rein, außer Du schändest mich.

Angenommen, Sie sind männlichen Geschlechts, gerade von einem Floh gebissen worden, und das Tier saugt nun an dem Mädchen neben Ihnen, das Sie sehr gern noch heute ›rumkriegen‹ würden. Was tun? Das Biest erschlagen? Mitnichten! Vielmehr der Unschuldsperson klarmachen, dass sich im Floh nun euer beider Blut bereits vermischt, eine Vermählung mithin ohnehin schon stattgefunden habe, so dass »Furcht und Scham« vor dem Eigentlichen »ganz falsch« seien. So jedenfalls kann sich ein Poet der Sache nähern – wenn er John Donne heißt.

John Donne. Nie gehört? Aber den folgenden Titel kennen Sie vielleicht: *Wem die Stunde schlägt*. Genau. Ernest Hemingway nutzte die Zeile für seinen berühmtesten Roman und verwies auf seine Quelle: John Donne. Was übrigens den russischen Nobelpreisträger Joseph Brodsky zu einem seiner schönsten Gedichte anregte, der »Großen Elegie für John Donne«. Und wen liest, noch kurz vor seinem Selbstmord, der Bruder des Erzählers in *Amras* von Thomas Bernhard? Wem widmet dieser österreichische Skeptiker 1963 das Gedicht »Ein Baum«? Erraten: »Eine Ursache für John Donne«.

John Donne wurde 1572, acht Jahre nach Shakespeare, als drittes von sieben Kindern in London geboren. Der Vater ein wohlhabender Eisenwarenhändler, die Mutter eine Großnichte von Thomas Morus, dem Verfasser der *Utopia*, den Heinrich VIII. hinrichten ließ. Die Familie war katholisch. Nach ihrer Thronbesteigung festigte Königin Elisabeth I. 1564 die anglikanische Kirche endgültig. Sechs Jahre später wurde sie exkommuniziert, und die Katholiken in England unterlagen nun offener, ja blutiger Verfolgung. Das traf auch die Familie John Donnes.

John Donne war vier, als sein Vater starb. Die Mutter heiratete sehr bald wieder; wohl auch, um das Vermögen vor einer Beschlagnahmung durch den Staat zu schützen. Der kleine John wurde privat unterrichtet, wahrscheinlich von Jesuiten. Erlernte er dort sein später so bewundertes scharfes Denken? Mit zwölf Jahren immatrikulierte er sich zusammen mit dem einzigen Bruder, dem elfjährigen Henry, in Oxford, später im liberaleren Cambridge. Doch auch dort konnten Katholiken keinen akademischen Grad erwerben. Also gingen beide 1591 nach London, um in Lincoln's Inn Jura zu studieren. Zwei Jahre später wurde Henry verhaftet. Er hatte einem katholischen Priester Zuflucht gewährt. Darauf stand die Todesstrafe. Noch vor dem Prozess starb er im Gefängnis an Fieber. Sein Tod muss John großen Kummer bereitet haben, wohl auch Schuldgefühle, nicht so tapfer und mutig zu sein wie der Bruder.

Als Katholik hatte Donne es schwer, einen Platz in der Gesellschaft zu finden. 1596 nahm er an einer Expedition des Earl of Essex teil, der bei Cádiz die spanische Flotte besiegte. Doch durch Essex' Protektion eine Anstellung zu erhalten: darauf hoffte Donne vergeblich. Der Earl wird wegen einer Intrige gegen Elisabeth verhaftet und später hingerichtet.

Ein junger Mann jedoch, den Donne auf dem Schiff kennengelernt hatte, empfahl ihn seinem Vater. Und so wurde Donne Privatsekretär des mächtigen Lordsiegelbewahrers Sir Thomas Egerton und mit dessen Unterstützung 1601 sogar ins Parlament gewählt. Seiner glänzenden Karriere schien nichts mehr im Wege zu stehen, als sich sein Leben von Grund auf ändert.

John Donne, jetzt neunundzwanzig, verliebt sich in die siebzehnjährige Anne More, eine Nichte von Sir Thomas' verstorbener Frau. Er heiratet sie. Der Brautvater tobt, enterbt die Tochter und zwingt Egerton, Donne zu entlassen. Der wird, zusammen mit den Helfern bei dieser Verheiratung, sogar vorübergehend verhaftet, muss die Gültigkeit seiner Ehe gesetzlich einklagen und gewinnt. Doch mit ungewissen Zukunftsaussichten und bedrückendem Geldmangel – über ein Jahrzehnt sollte sich daran nichts ändern – startet das junge Paar in das gemeinsame Leben. Der Kommentar des Dichters ist berühmt: »John Donne, Ann Donne, undone.«

John Donne, der Dichter. Von einer literarischen Karriere kann bis zu diesem Zeitpunkt keine Rede sein. Überhaupt sind zu seinen Lebzeiten nur vier Gedichte veröffentlicht worden, von denen er später dann auch noch zwei verwarf. Mag sein, er plante eine Veröffentlichung seiner *Satiren*, die er in den Jahren zwischen zwanzig und dreißig geschrieben hatte; doch Satiren waren seit 1599 verboten. Und seine Liebesgedichte waren ohnehin nicht für die Veröffentlichung bestimmt. Sie zirkulierten nur in Abschriften unter Freunden und Bekannten. Als die *Songs and Sonnets* nach seinem Tod veröffentlicht wurden, suchte sein Sohn das zu verbieten: die Gedichte seien eine Verleumdung seines Vaters, des nachmaligen Dekans der St.-Pauls-Kathedrale, berühmt für seine frommen Predigten weit über die Grenzen Englands.

Was mag den Sohn bei der Lektüre der väterlichen Liebeslyrik derart aufgebracht haben? Auch andere Leser taten sich schwer mit dem neuen Ton John Donnes. Man war gewöhnt an süße Melodien, wie im *Canzoniere* eines Petrarca oder in der *Vita nuova* eines Dante. An Liebe als feinfühlige Seelenregung, an immer neue Nuancen der Sehnsucht, der Vergeistigung, fern vom gewöhnlichen alltäglichen Leben. Liebe wurde idealisiert, abstrahiert von jeglicher Realität, um eine höhere, innere Wahrheit zu erreichen. Jahrhundertelang nutzten die Nachfolger von Petrarca und Dante deren Arsenal blumiger Redewendungen und romantischer Requisiten. Wie aus einem Setzkasten konnten sich weniger Begabte bei ihren großen Vorgängern bedienen. Das hatte den Geschmack der Zeit bis in John Donnes Tage geprägt. »Je weiter sich einer vom gewöhnlichen und Ordinären entfernt, desto mehr Verfeinerung und Genuss erreicht er, und das ist der Unterschied zwischen Prosa und Poesie«, so das Urteil eines Zeitgenossen (F. Sommo).

Und da lässt John Donne einen liebestollen Floh vom Lotterbett ins Gedicht hüpfen! Und nicht nur das. John Donne kommt uns mit Wurmsaat, Kompassnadeln und Klistieren, mit einem Wort: Er kommt uns mit dem wirklichen Leben. Bei Donne wird die Liebe menschlich, ja häuslich. Auch bei ihm finden sich noch die Utensilien herkömmlicher Liebeslyrik, finden sich Tränen, Seufzer, Augenzwinkern, stirbt der Liebhaber an verschmähter Liebe, gibt es Gespenster um Mitternacht (»Apparition«). Doch anstelle der konventionellen Sentimentalität setzt es freche Wendungen und provokante Bilder.

»Er tangiert die Metaphysik«, räsoniert dann auch 1693 John Dryden, der mit diesem Begriff den Gattungsnamen der »metaphysischen Dichter« prägte, »nicht nur in seinen Satiren, sondern auch in seinen Liebesversen, in denen die Natur vorherrschen sollte, und er verwirrt die Gemüter des schönen Geschlechts mit anmutigen philosophischen Spekulationen, wo er ihre Herzen ergreifen und mit der Sanftheit der Liebe unterhalten sollte.« 

John Donne ein »metaphysischer Dichter«? Was heißt das eigentlich? Dazu der englische Literaturhistoriker Christopher Hill: »Das Wesen der metaphysischen Dichtung ist ihre Paradoxie, sind ihre scharfen Antithesen, ihr Zugriff auf Verbindungen zwischen scheinbar höchst unvereinbaren Gegenständen, ihre quälende Seelenzergliederung und Suche nach der Erlösung, ihre Empfindung des Kontrastes zwischen Subjektivem und Objektivem, Wunsch und Möglichkeit.«

Die Herzen »mit der Sanftheit der Liebe« zu ergreifen, scheint diese Art poetischen Sprechens in der Tat wenig geeignet. Selbst für heutige Leser, die von Liebesgedichten Sternenschmelz und Mondscheinseufzer erwarten, kann der sprachliche Zugriff des vierhundert Jahre toten Dichters noch eine Herausforderung sein. Warum? Weil seine Lyrik ein einziger Verstoß gegen das Gewohnte ist, nicht nur zu seiner Zeit.

Unerhört ist diese neue Sprache. Keine Spur mehr von der klappernden Rhetorik, mit der die Liebeslyrik zu Donnes Zeiten daherkam. Donne macht die Umgangssprache poesiefähig, und das in einer grammatischen Komplexität, die jedem Übersetzer Wortalpträume bescheren muss. Da werden Satzteile und Bilder über Zeilen auseinandergerissen, immer wieder Einschübe gemacht, Zeilensprünge bringen Metrum und Rhythmus durcheinander. Donne kennt die Regeln des Verseschmiedens und macht sich ein Vergnügen daraus, diese Kenntnis nur anzudeuten, um lustvoll dagegen zu verstoßen. Rhythmische Turbulenzen sind alles andere als zufällige Nachlässigkeiten; vielmehr machen sie die Art und Weise seines poetischen Verfahrens aus.

Viele Gedichte sind als kleine Szenen aufgebaut, wörtliche Rede und Gegenrede wechseln einander ab; Monologe wenden sich an ein Gegenüber, ein Du. Die verrücktesten Vergleiche werden in mutwilligen Dialogen herangezogen und einander gegenübergestellt, nein, entgegengeschmettert – scheint hier die frühe Schule jesuitischer Argumentationskunst durch? Oder möchte Donne mit all diesen rhetorischen Mitteln der natürlichen Betonung einer sprechenden Stimme nahekommen? Sprechen, wie ihm der Schnabel gewachsen ist? Diese »rhythmische Anarchie«, so ein Professoren-Einwand, macht die Dichtung Donnes für unsere 21.-Jahrhundert-Ohren erst recht modern. Laut lesen!

Direkt und dringlich ist die Sprache, direkt und dringlich fühlen wir uns noch heute angesprochen, als belauschten wir eine Vertraulichkeit. Der Dichter macht den Leser zum Dritten im Bunde, zum heimlichen Mitwisser. So sind wir Zeugen des »The good morrow«, wenn zwei Liebende der Welt den

Rücken kehren, um eine neue Welt zu entdecken, jeder für sich im anderen. Es ist eines der innigsten Gedichte Donnes, das er vielleicht für seine Frau Anne geschrieben hat. Wichtig ist das nicht. Denn anders als etwa bei Petrarca, der die Gedichte ausschließlich an seine »Laura« adressierte, oder wie bei Goethe, dessen Liebesgedichte im nachweisbaren Zusammenhang mit realen Personen entstanden sind, lassen sich »wahre Geschichten« des Dichters Donne bei allem Realismus seiner Gedichte nicht ausmachen.

Kritiker haben Donne vorgeworfen, hinter seinen Liebesgedichten stünden keine wirklichen Erfahrungen und Erlebnisse. Ist das wichtig? Seit ich selbst Gedichte schreibe, kenne ich diese Frage: Haben Sie das alles selbst erlebt? Ich kenne die Sehnsucht des Lesers nach Authentizität, dem »wahren Leben«, besonders in einer Zeit, wo Virtuelles und Faktisches immer ununterscheidbarer werden, bis hin zur Manipulation von Fotos und Filmen. In meinem Gedichtband *Unerhörte Nähe* habe ich auf diese Frage mit den Worten meines Religionslehrers geantwortet: Man muss nicht in jeder Pfütze gebadet haben, um zu wissen, dass sie dreckig ist. Und hinzugefügt: Jede Pfütze, jedes Bad muss ich mir vorstellen können. Nicht im persönlichen Leben, im Er-Leben, in der inneren Biographie gründet das Gedicht. In diesem Sinne ist auch jedes der Gedichte Donnes erlebt.

Dass John Donne es verstand, seiner »masculine persuasive force« (O-Ton Donne) poetische Gestalt zu verleihen, zeigen alle, auch die schwächeren Verse. Denn die gibt es natürlich auch – bei welchem Dichter nicht –, doch selbst das weniger Gelungene wird getragen von der Lebendigkeit und Bewegung des Ganzen. Vom ersten Gedicht, von den ersten Zeilen an können wir uns in der Hand eines großen Dichters fühlen. Gerade mit seinen ersten Zeilen zieht uns Donne jedesmal in den Bann des Gedichts: »Um Gotteswillen halt den Mund und lass mich lieben!« (»Die Heiligsprechung«) oder: »Komm, Liebste, Mannesdrang verwehrt mir Ruh!« (S. 83)

Worum geht es Donne, wenn nicht um die dichterische Gestaltung realer Liebeserlebnisse oder um den Lobpreis seiner Liebsten? »Liebesarten« könnte über der Sammlung stehen, in der sich Donne als höchst kenntnisreicher poetischer Erforscher amouröser Beziehungen erweist. Und das nicht wie bei Petrarca oder Dante nur platonisch. Donnes Gedichte sind nicht nur formal, sondern auch in ihrer plastischen Bildlichkeit ein Schritt in die Freiheit poetischen Sprechens, wenn es um die »Bettlust« geht. »Ich bin als erster nackt. So sieh mich an: / Was brauchst du mehr Bedeckung als ein' Mann?« (S. 85) oder: »Natur schuf antipodisch (das war schlau) / Zwei Münder der zwei Börsen einer Frau. / Wer in die untere einzahlt und wie viel / Bestimmen Kassenwart und Zahlungsziel. / Wers anders macht, irrt gründlich wie der Tropf / Der per Klistier mit Fleisch den Magen stopft.« Und wenn der Geist zwar noch willig, das Fleisch aber leider schwach ist, wird drastisch-plastisch empfohlen: »… ein bisschen Wurmsaat: Die beruhigt den Schwanz« (»Absage an die Liebe«). Welch ein Bruch mit der Konvention lebenslangen entsagungsvollen Minnedienstes à la Petrarca, wenn »Der Indifferente« prahlt: »Ich liebe sie, blond oder braun … Die Landgewächse und die Großstadtfraun … Das Schwammaug, das beständig greint / Den knochentrocknen Kork, der niemals weint, / Ich liebe die und die und allerlei / Gesetzt nur, dass sie treulos sei … Muss ich nur weil ich einmal in dich kroch / Und weil du treu bist, gleich ins feste Joch?«

Nein, muss er nicht, denn er kennt die »Beständigkeit der Frauen« und stellt in den Eingangsversen fest: »Nun liebst du mich schon einen ganzen Tag, / Was sagst du morgen mir zum Abschied? Sag! …«

Wer jedoch glaubt, anhand dieser und ähnlicher Verse John Donne als schnoddrigen Skeptiker einordnen zu können, sollte weiterlesen. Donne, der poetische Forscher, präsentiert eine Vielfalt erotischer Erfahrungen, die überraschend verschieden, ja gegensätzlich sind. Als hätte es den »Indifferenten« nie gegeben, preist »Ein Abschied: Das Trauerverbot« eine Liebesbeziehung, der Zeit und

 Raum nichts anhaben können. Donne findet berückende Bilder dafür, wie zwei Menschen trotz Trennung doch eins bleiben können, wie »hauchdünn ausgeschlagenes Gold« oder wie »Zirkelschenkel«, die, miteinander verbunden, einander folgen. Oder der abschiednehmende Liebhaber ritzt seinen Namen in die Fensterscheibe der Geliebten, als Mahnung, damit die treu und keusch bleibe; doch auch als Zeuge ihrer Untreue soll ihm das Graffito dienen.

Körper und Seele in Donnes Gedichten sind getrennte, aber eben auch zusammenhängende aufeinander bezogene Aspekte der Ganzheit Liebe. Auch Donne ist die Vereinigung der Seelen die höchste und reinste Form der Liebe. Doch anders als bei Petrarca oder Dante kann sie nur durch die Vereinigung der Körper erlangt und erfahren werden. »Reine«, nur seelische Liebe ist den Engeln vorbehalten. Donne folgt hierin der Anschauung seiner Zeit: Da Menschen sowohl physische wie geistige Wesen sind, kann alles Seelische nur durch den Leib erfahren werden: »Gutmorgen unserem Paar erwachter Seelen« grüßt der Mann nach der Liebesnacht die Geliebte in »Das Gutmorgen«. Und die Geliebte in »Die Herbstliche« wird in geradezu religiösen Metaphern und Vergleichen gefeiert, wenn »das weiche Bett, der Liebe Gotteshaus« ist, darin in »vollkommne(r) Nacktheit« die Geliebte, der »Engel« ist, ein »guter

Geist«, der nicht das Haar, vielmehr »das Glied« aufrecht stehen lässt.

Doch lässt dieses Gedicht auch sehr wohl erkennen, warum Kritiker rügten, die Adressatin dieser Verse sei nur Vorwand gewesen für gewandte geistreiche Metaphorik des Dichters. Der Bezug zum Leben fehle, und es gehe Donne nur um eine Anhäufung sogenannter *conceits*, das heißt um eine besonders zugespitzte, oft gewagte Art der Metapher, die weit auseinanderliegende Dinge so zusammenbringt, dass der Leser gezwungen wird, ein frappierend neues Bild gutzuheißen. Etwa in dem schon zitierten Bild vom Klistier. Ich stimme zu: Die Gedichte sind nicht kunstlos, doch niemals künstlich oder gestelzt, sie sind Dichtung auf höchster rhetorischer Ebene und doch wie wörtliche Rede so lebendig. Der Leser soll nicht in Gefühlen schwelgen, vielmehr fühlend denken und denkend fühlen: so kommt er der Dichtung Donnes nahe.

Die in diesem Band versammelten Gedichte sind Gedichte des jungen John Donne. Die meisten werden vor seiner Heirat entstanden sein; ein »großer Damenbesucher« sei er gewesen, wird der Klatsch eines Zeitgenossen bis heute gern zitiert. »Das Gutmorgen«, »Jahrestag« oder die Abschiedsgedichte, wohl alle nach seiner Heirat mit Anne entstanden, haben einen innigeren Ton. »ein für allemal / Eins sein« heißt es beinah religiös in »Unendlichkeit der

 Liebenden«: »Eins sein und eins des anderen All.« Jenseits autobiographischer Spekulation lassen diese Gedichte durchaus die Entwicklung des Dichters zu einer tieferen Auffassung der Beziehung zwischen Mann und Frau erkennen. Zu einer reiferen Lebensanschauung überhaupt.

Denn nach der Heirat galt es, die stetig wachsende Familie zu ernähren. Verzweifelt bemüht sich der aus Amt und Würden verbannte Donne bei Hofe, bei Adel und Staatsmännern, selbst bei König Jakob I. (der 1603 Elisabeth auf dem Thron folgte) um ein Amt. Vergeblich. Er gilt nicht mehr als vertrauenswürdig und ist auf die Unterstützung von Freunden und Gönnern angewiesen, die er mit Preisgedichten für sich günstig zu stimmen sucht. Preisgedichte, die trotz raffinierter Rhetorik nie in billige Lobhudelei verfallen.

In seinem winzigen feuchtkalten Haus, das er selbst als »Gefängnis« und »Siechenhaus« bezeichnet, wird Donne von schweren Depressionen befallen und schreibt sich in einem Buch über den Selbstmord diese Versuchung von der Seele. Briefe in Versen und geistliche Gedichte entstehen. Dem Katholizismus innerlich zunehmend entfremdet, kehrt Donne der Kirche seiner Vorfahren schließlich den Rücken und dient mit Polemiken gegen die Katholiken dem Dekan von Gloucester als Ghostwriter. Dieser rät ihm, in den Priesterstand zu treten, und trägt ihm ein Kirchenamt an. Donne lehnt ab, versucht noch immer den Staatsdienst. Doch keiner seiner Bekannten kann oder will ihm dort eine Stellung verschaffen. Mit der Schrift *Pseudo-Martyr,* einer antikatholischen Polemik, die er Jakob I. widmet, glaubt er seine Chance gekommen. Doch den König bestärkt das Buch nur in der Meinung, der Verfasser gehöre in ein Kirchenamt, und Donne ist weiterhin gezwungen, sich überall ins Gespräch zu bringen, schreibt die Totenklage für die Tochter eines schwerreichen Mannes, bewirbt sich um das Amt eines Ratssekretärs, um die Position des Botschafters in Venedig. Umsonst. Mit zweiundvierzig Jahren erklärt Donne sich schließlich bereit, die klerikale Laufbahn einzuschlagen. Was beinah auch noch gescheitert wäre: denn Donne beschließt, seine Liebesgedichte und Elegien zu veröffentlichen. »Ich will damit Abschied nehmen von der Welt, bevor ich in den geistlichen Stand trete«, schreibt er. Warum gerade jetzt? Ist er wirklich so naiv zu glauben, diese Veröffentlichung könne ohne Folgen bleiben? Oder hofft er gerade, dass sie Folgen habe? Dass er mit einem Eklat den Kirchenämtern doch noch entkommen könnte? Freunde reden ihm das Vorhaben aus, und Anfang 1615 wird Donne zum Priester geweiht. Endlich wendet sich das Blatt. 

König Jakob, hocherfreut, macht Donne zu seinem Kaplan, Cambridge verleiht ihm den Ehrendoktor der Theologie, er wird Prediger an Lincoln's Inn, seiner früheren Studienstätte. Er erhält eine Pfründe nach der anderen und hat endlich ein solides Auskommen.

Alles scheint auf gutem Wege, da stirbt mit dreiunddreißig Jahren seine Frau Anne an den Folgen einer Fehlgeburt. In sechzehn Jahren hatte sie zwölf Kinder ausgetragen! Donne sucht den Schmerz durch Arbeit zu überwinden. Seine Predigten – auch im Königshaus – machen ihn in ganz England, sogar auf dem Kontinent berühmt. Zu wichtigen Staatsfeiern wird er als Redner geladen, auch von Karl I., dem Nachfolger Jakobs. 1621 wird Donne Dekan der St.-Pauls-Kathedrale in London. Ämter und Funktionen häufen sich, und zwei Jahre später wird der völlig überarbeitete Mann schwer krank, kann aber nach seiner Genesung seinen Verpflichtungen wieder nachkommen. Zwar ist sein Ruf jetzt gefestigt, aber es gibt Neider. Zweimal werden Predigten als verschwörerisch denunziert, und er muss den König kniefällig um Verzeihung bitten. Dennoch steht 1631 seine Berufung zum Bischof bevor, als er erneut erkrankt. Im Februar 1631 steht der todkranke Mann zum letzten Mal auf der Kanzel. Seine Predigt: »Des Todes Duell« wird von den tiefergriffenen Zuhörern als seine eigene Totenpredigt verstanden. In ein Leichentuch gewickelt, lässt Donne sich, auf einer Urne stehend, zeichnen – für sein Totenbild, lebensgroß. Bis zu seinem Tod am 31. März 1631 bewahrt er es überm Kopfende seines Bettes. Das Marmorbild, nach dieser Zeichnung gefertigt, liegt heute auf seinem Grabmal in der St.-Pauls-Kathedrale.

John Donne, der Dichter – John Donne, der Prediger? Wie geht das zusammen? John Donne, der amouröse Abenteurer, und John Donne, der geistliche Herr: vereint in der Suche nach dem, »was die Welt im Innersten zusammenhält«. Seine Antwort, nach der er ein Leben lang suchte: die Liebe. In all ihren Liebesarten. Hätte der metaphysische Dichter am Ende sogar in seinem Leben wie zuvor in seiner Dichtung die Unvereinbarkeit von Gegensätzen als nur scheinbar entlarvt? Der junge Draufgänger spürte dem Sinn des Lebens in der menschlichen Liebe nach. Seine letzte Liebe aber fand der poetische Erforscher der Liebesarten bei dem, der all diese Freuden schuf. Donnes letzte Liebe galt der Beziehung zu seinem Schöpfer. Eine Beziehung, die er nicht weniger leidenschaftlich disputierte wie seine jugendlich ungestümen Liebeleien. »Was, wäre dies der Erde letzte Nacht?« eröffnet er ein Sonett. »Erstürme mein Herz!« donnert er und fordert: »Entzünd mich, Herr, mit feuriger Begier, / Die im Verzehren heilt: die Gier nach dir.«

Das Tertium comparationis, das, was Sinnenlust und Frömmigkeit für Donne verbindet, ist die Kunst, die Sprache. Ob zum Lobpreis der irdischen oder der göttlichen Liebe: der Liebe zur Sprache hielt Donne zeitlebens die Treue. Der Liebe zur Sprache und zur Sprache der Liebe: Denn nur »Eins tut not – / Liebe, Dein letzt und ewiges Gebot.«

# Textnachweise

Der Text folgt den Ausgaben:

John Donne: Hier lieg ich von der Lieb erschlagen. Songs and Sonnets / Lieder und Gedichte. Englisch/Deutsch. Herausgegeben, übersetzt und mit einem Nachwort versehen von Wolfgang Breitwieser. Frankfurt a. M.: Neue Kritik, 1994. Dritte, verbesserte Auflage 2000.

John Donne: Erstürme mein Herz. Elegien, Epigramme, Sonette. Englisch/Deutsch. Herausgegeben, übersetzt und mit einem Nachwort versehen von Wolfgang Breitwieser. Frankfurt a. M.: Neue Kritik, 2000.

Aus *Hier lieg ich von der Lieb erschlagen* sind die im vorliegenden Band S. 6–67 abgedruckten Gedichte entnommen; aus *Erstürme mein Herz* die S. 68–91 abgedruckten Gedichte (Elegien I, IX, XVIII, XIX, XX und das Geistliche Sonett 10).

Gestaltung: Cornelia Feyll, Friedrich Forssman
Satz und Druck: Reclam, Ditzingen
Buchbinderische Verarbeitung: Kösel, Krugzell
Printed in Germany 2011
RECLAM ist eine eingetragene Marke
der Philipp Reclam jun. GmbH & Co. KG, Stuttgart
ISBN 978-3-15-010816-1
www.reclam.de